Die Willkür der Vorzimmerdame

Das Buch fürs Wartezimmer

Franz Olisar

Inhaltsverzeichnis

MIX
Papier aus ver-
antwortungsvollen
Quellen
Paper from
responsible sources
FSC® C105338

Herstellung und Verlag:
BoD - Books on Demand, Norderstedt
ISBN 978-3-7448-7074-0

Vorwort

Natürlich! Ja! Es ist kein großes Geheimnis, dass in unserem Gesundheitswesen viel im Argen liegt. Es ist offensichtlich, dass wir zu wenige Ärzte für zu viele Patienten haben. Es ist mittlerweile wohl allen bekannt, dass es dabei zu unzumutbaren Wartezeiten kommt, sobald man nur irgendeinen Facharzt benötigt. Es ist auch bekannt, dass man sich diese Wartezeiten ersparen kann, wenn man genug Geld hat, sich die Behandlungen selbst zu bezahlen. Ja, ich kann verstehen, dass Ärzte, die weiterhin bereit sind, für Krankenkassen-Entgelt ihre Leistungen zu erbringen, samt ihrem Personal ob des kaum mehr zu bewältigenden Zulaufs frustriert sind. Ja, ich kann auch teilweise verstehen und nachvollziehen, dass sie ihr Gehalt durch Überstunden-Zuschläge aufbessern „müssen", man braucht sie ja dringend. Oft genug mehr als sie eigentlich Zeit hätten. Natürlich! Ja! Ich kann verstehen, dass man dann oft ein Ventil braucht, um den angestauten Frust ablassen zu können, und ich kann auch verstehen, dass man die Ungerechtigkeit laut hinaus schreien, oder zumindest mit stillem Protest aufzeigen möchte. Da sitzen wir durchaus gemeinsam im selben Boot. Was ich allerdings absolut nicht verstehen kann, ist der Umstand, dass ihr diesen stummen Protest auf dem Rücken von uns Patienten austragen wollt. Das ist doch völlig sinnentleert. Natürlich sieht so ein übervolles Wartezimmer imposant und kaum zu bewältigen aus, aber vermittelt es auch den von euch offensichtlich angestrebten Effekt? Glaubt ihr tatsächlich, dass dann die Patienten für euch auf die Barrikaden steigen? Glaubt ihr tatsächlich, dass sich eure Patienten in eurem Sinne über ein verkorkstes Gesundheitssystem beschweren, nur weil ihr sie mit sinnlosen Wartereien in euren Warteräumen dazu zu provozieren versucht?

Ich verrate euch ein Geheimnis. Wir Patienten kommen während dieser langen Wartezeiten ins Reden. Und dabei kommen wir drauf, dass ihr wieder vielen von uns, ganz bewusst, ohne entsprechende Notwendigkeit, einfach den gleichen Termin verpasst habt. Grundsätzlich kommen wir natürlich schon angefressen in eure Ordinationen. Wir haben ja teilweise trotz Schmerzen, trotz akuter Erkrankungen, wochen- und monatelang auf diesen Termin warten müssen. Also kommen wir schon angefressen. Angefressen auf ein Gesundheitssystem, das immer mehr zu einer Zweiklassengesellschaft verkommt. Unter dem Motto „wer gleich und vor allem selbst bezahlt, wird sofort behandelt, und wer glaubt, er könne die Rechnung für seine Behandlung über die Krankenkasse von seinen jahrelang einbezahlten

Sozialversicherungs-Beiträgen begleichen, hat eben zu warten", werden Patienten in verschiedene Kategorien Mensch einsortiert. Gnadenlos und unabdingbar. Ja! Wir kommen schon angefressen! Wir brauchen von euch nicht erst künstlich angefressen und frustriert gemacht werden.

Wenn ihr uns nämlich dann aus einer Gewissheit heraus, dass uns ja kaum Alternativen bleiben, dazu zwingt, nach oft monatelangem Warten auf unseren heißersehnten Termin, genau bei diesem Termin noch zusätzlich, und das zumeist völlig sinnlos und jeder Grundlage entbehrend, stundenlang in euren Wartezimmern herum zu lungern, macht ihr uns nicht auf das System wütend, denn das sind wir schon, sondern ihr bewirkt damit nur, dass sich unsere Wut dreht. Denn dann sind wir plötzlich auf euch angefressen. Dann sind wir empört über eure instinktlose, inhumane, arrogante und ignorante Art der Terminplanung, und uns kommt der Verdacht, dass man uns nur deshalb so lange warten lässt, um uns erkennen und begreifen zu lassen, um wieviel wichtiger eure Zeit ist, als unsere.

Vielleicht machen das einige von euch auch gar nicht mit Absicht, sondern haben schlicht und einfach nicht das geistige Potential, um zu begreifen, dass ein einzelner Arzt nicht gleichzeitig zwanzig Patienten behandeln kann. Das macht die Situation für uns aber weder besser noch verständlicher. Glaubt mir, wenn ihr uns zwingt, sinnlos stundenlang zu warten, dann sind wir in erster Linie auf euch angefressen. Dann sitzen wir diesbezüglich definitiv nicht im selben Boot!

Die Willkür der Vorzimmerdame

Da ich in meinem Leben offenbar nur sehr ungern Sachen auslasse, die so richtig wehtun, fand ich mich eines Tages bei einem Facharzt für Orthopädie wieder. Nachdem mir schon Tage und Wochen zuvor immer wieder Schmerzen in meiner Schulter einige Probleme bereitet hatten, wachte ich eines schönen Morgens mit diesmal heftigen Schmerzen in der Schulter auf. Zudem war ich arg bewegungseingeschränkt. Der Schmerz fühlte sich an, als ob jemand mit aller Kraft an meinem Arm ziehen würde. Nach dem Aufstehen verschlimmerte sich der Schmerz dahingehend, dass ich das subjektive Gefühl hatte, mein Arm wäre tonnenschwer und würde sich durch sein Gewicht selbst aus dem Gelenk ziehen wollen. Also suchte ich nach einem kurz gehaltenen Frühstück meinen Hausarzt auf, der mir umgehend eine Überweisung zu einem Orthopäden schrieb.

Da es erst kurz nach halb zehn Uhr war, setzte ich mich sofort ins Auto und fuhr zu der Praxis dieses Orthopäden. Obwohl seine Ordination in einem eher ruhigen, abgelegenen Stadtteil liegt, hatte ich überraschend erhebliche Probleme, einen Parkplatz zu finden. Als ich mich schließlich um ca. 10 Uhr 15 an einer Menschenmenge vorbei zur Eingangstür des

Arztes durchgekämpft hatte, wusste ich auch, warum. Vorsichtig auf meine Schulter achtend, die auch auf Berührungen sehr unwirsch reagierte, schlug ich mich durch ein vollgestopftes Wartezimmer zum Empfangsbereich durch. Am Schalter empfing mich eine selig vor sich hinlächelnde, etwas breit proportionierte Dame in den besten Jahren. Ich überreichte ihr, ebenfalls lächelnd, meine Überweisung samt E-Card, und versuchte, sie mit meinem akuten Schmerz zu beeindrucken. „Heute geht leider gar nichts mehr" bedauerte sie, „Sie sehen ja selbst, dass wir völlig überfüllt sind!" Aber sie könne mir, so teilte sie mir mit, nachdem ich akute, starke Schmerzen hätte, einen Einschiebe-Termin am nächsten Tag um halb zehn anbieten. Angesichts der Tatsache, dass der Warteraum eine vielstündige sinnlose Warterei verhieß, nahm ich ihr Angebot dankend an und kämpfte mich, entgegen der Drängel-Richtung, zurück ins Freie.

Nach einer schlaflosen Nacht sehnte ich am nächsten Tag den Termin um halb zehn schon richtiggehend herbei. Sicherheitshalber, wie das so meine Art ist, traf ich schon etwas früher beim Arzt ein. Zumindest in der Nähe. Die Parkplatzsituation schien sich nicht wirklich entspannt zu haben. Als ich schließlich der Menschenansammlung im Eingangsbereich gewahr wurde, schätzte ich mich schon sehr glücklich, einen Fix-Termin ergattert zu haben. Frohen Mutes kämpfte ich mich zur Lächelnden durch und wurde wiederum mit Überweisung und E-Card vorstellig. Nach dem Überfliegen einer mehrseitigen Liste konnte sie meinen Termin um halb zehn bestätigen und bat mich, „noch einen Moment" Platz zu nehmen. Leider konnte ich ihrer Bitte nicht nachkommen, nachdem alle 30 Sessel im Warteraum als auch das WC besetzt waren. Na, dann wollte ich eben den „Moment" stehend verbringen, nachdem es mittlerweile ohnehin kurz nach halb zehn war, und ich ja wahrscheinlich der nächste sein sollte, der zum Arzt vorgelassen würde.

Schon kurze Zeit später verließ der Vor-Patient den Ordinationsraum. Überraschenderweise war es dann nicht mein Name, der aufgerufen wurde, aber es wurde nun ein Platz in der ersten Reihe, direkt neben der etwas rundlichen, netten Dame am Schalter, frei. Es war einer der wenigen gepolsterten Sessel. Wie sich herausstellte, war es ein guter Platz, denn so konnte ich die nächsten viereinhalb Stunden, bequem sitzend, Zeuge werden, wie eine wohldurchdachte, bis ins letzte Detail akribisch geplante Terminplanung abläuft.

Jene zwei Patienten, die fast gleichzeitig mit mir eingetroffen waren, hatten leider noch keinen Termin, da sie mit akuten Beschwerden aufgrund einer Überweisung gekommen waren. Zu deren Glück konnte sie die etwas dicke Frau, deren Lächeln irgendwie gekünstelt wirkte, noch für den nächsten Tag um halb zehn einschieben.

Viele Patienten machen es sich etwas bequem, und rufen einfach an, wenn sie einen Termin beim Arzt brauchen. Es ist wahrscheinlich gar nicht so leicht, bei diesem Andrang den Überblick zu bewahren, doch die dicke Alte mit dem scheinheiligen Grinsen fand immer wieder eine Lücke in ihrem prall gefüllten Terminplan. Die Lücke war am nächsten Tag um halb zehn.

Mittlerweile war der Warteraum zum Bersten voll, nachdem immer noch Menschenmassen eintrafen, die routiniert mit bis zu einer Stunde Verspätung ihren heutigen Termin um halb zehn wahrnahmen. Um die Mittagszeit, es mochten mittlerweile an die 25 Patienten sein, die für nächsten Tag um halb zehn einen Termin ergattert hatten, meldeten sich bei mir langsam Hunger und Durst. Gierig beäugte ich die Stammkundschaften, die sich, aus einem Informationsvorsprung heraus, Lunchpakete mitgebracht und diese nun ausgepackt hatten. Noch immer trafen neue Schmerzpatienten ein, und noch immer wurde fleißig angerufen.

Zu deren Glück waren am nächsten Tag um halb zehn noch jede Menge Termine frei.

Als ich, inzwischen in Apathie verfallen, so gegen zwei Uhr nachmittags plötzlich, wie von weit, weit her, meinen Namen hörte, erhob ich mich, mit inzwischen steifen Gelenken, und torkelte zum Arzt hinein, um mir eine riesige Spritze in die Schulter rammen zu lassen. Der Schmerz ließ nach, und ich ging erleichtert nach draußen, um mir bei der unsympathischen, übergewichtigen Person am Empfang noch ein Rezept abzuholen. Ich fragte die feiste Alte noch, ob sie eigentlich selbst mit ihrer Terminplanung zufrieden sei, aber sie konnte mir keine Antwort geben, da gerade das Telefon läutete.

Beim Hinausgehen hörte ich noch diese bösartige, fette alte Krähe mit ihrem schleimigen, dreckigen Grinsen, ins Telefon flöten: „Kommen sie morgen bitte pünktlich um halb zehn vorbei."

Nicht nur der Trigeminus kann nerven

Ein Tag wie jeder andere …

Dereinst, an einem 4. Februar lag ich um 8 Uhr abends, vollgestopft mit Abendessen, dösend auf der Couch und ignorierte vor mich hin verdauend, wie üblich das Fernsehprogramm. Plötzlich spürte ich in meiner Backe einen unangenehmen Schmerz, der sich langsam zu einem sehr unangenehmen steigerte. Gleichzeitig begann meine linke Gesichtshälfte schneller einzuschlafen, als der Rest meines Körpers. Nach etwa einer Viertelstunde war der Schmerz, der sich einerseits durch den Oberkiefer und andererseits durch die Schläfe bis zum Kopf ausbreitete, unerträglich geworden, und meine linke Gesichtshälfte war inklusive halber Oberlippe und halber Nase völlig taub. Das machte mich etwas unruhig und neugierig zugleich. Also setzte ich mich zum Laptop und googelte kurz die Symptome. Die Suchergebnisse waren dann in eine Richtung zu deuten, dass man in so einem Fall besser nicht warten sollte, bis es wieder aufhört. Als mögliche Auslöser fand ich zum einen einen eventuellen Schlaganfall, und andererseits, mit höherer Wahrscheinlichkeit, eine Attacke des Trigeminus-Nervs, und zwar des oberen und mittleren Astes, nachdem der Unterkiefer nicht betroffen war.

Nun ja, dachte ich, das wird wohl ein Fall fürs Krankenhaus.

Nachdem ich den ganzen Tag lang unrasiert und kaum frisiert herumgelungert war, begab ich mich ins Badezimmer, um mich zu rasieren, mir die Zähne zu putzen, zu Duschen und mich ordentlich zu kämmen. Der Schmerz hämmerte inzwischen gehörig auf mich ein, und Rasieren und Zähneputzen mit lahmer Gesichtshälfte ist durchaus eine Herausforderung. Dann kleidete ich mich an, ging noch mit Lilli, unserer Hündin Gassi und fühlte mich langsam bereit, ins Krankenhaus zu fahren. Noch einmal kurz gegoogelt, welches Krankenhaus Aufnahmetag hat, und dann sollte es losgehen. In Linz gibt es Tage, an denen nur ein einziges Krankenhaus Aufnahme hat, und Tage, an denen gleich zwei Krankenhäuser Aufnahme haben. Und zwar haben in zweiterem Fall immer die „Elisabethinen" und die „Barmherzigen Brüder" gemeinsam Aufnahme. Der 4. Februar war so ein Fall für zwei. Ich entschied mich für die „Liesln", wie der Volksmund sagt. Also weckte ich meine Lebensgefährtin, die währenddessen vor dem Fernseher den Schlaf der Gerechten schlief, um ihr mitzuteilen, dass ich kurz ins Krankenhaus fahren würde, und dass ich mit Lilli schon Gassi war. Sie wollte natürlich den Grund wissen und fand das eher nicht lustig. Da die Schmerzen mittlerweile so heftig waren, dass ich mich kaum mehr bei Bewusstsein halten konnte, nahm ich ihr „Angebot", mich zu fahren, dankend an. Im Auto hatte ich dann bereits ein Gefühl, als würde es mir buchstäblich den Kopf zerreißen.

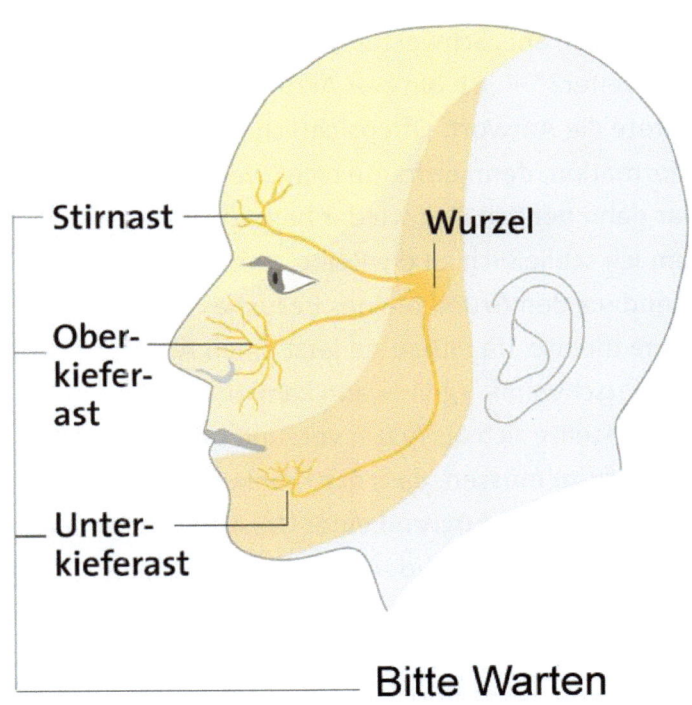

Stirnast

Ober-
kiefer-
ast

Unter-
kieferast

Wurzel

Bitte Warten

Herbergssuche …

Endlich im Krankenhaus angekommen, erreichte ich schließlich mehr taumelnd als gehend den Aufnahmeschalter. Ich fand ihn unbesetzt vor. Hinter dem Schalter. Vor dem Schalter war er mit einer langen Menschenschlange gut besetzt. Ein etwas ungeduldig gewordener Schlange-Steher hielt eine der vielen vorbei flanierenden Damen in Weiß kurz mit einer Frage an: „Schwester, wann geht denn da wieder was weiter?" – „Ich bin hier Ärztin, nicht Schwester!" lautete die Antwort. Offensichtlich genügte ihm diese Information, denn er fragte nicht weiter. Irgendwann war dann der Schalter wieder besetzt und irgendwann kam ich schließlich an die Reihe, und brachte irgendwie den Grund meines Besuches vor. Die nette Dame meinte, da müsse sie jetzt einen Arzt beiziehen und verschwand. Irgendwann kam eine andere nette Dame, stellte sich als Ärztin vor, und bedauerte, mir mitteilen zu müssen, dass das Krankenhaus der „Elisabethinen" aufgrund einer Umstrukturierung im Linzer Spitalswesen leider keine neurologische Abteilung mehr hätte, und ich daher besser bei den „Barmherzigen Brüdern" vorstellig werden solle. Möglicherweise hielt sie mich einfach für unhöflich, als ich mich umwandte und grußlos auf den Weg machte.

Nun konnte ich mich vor Schmerz kaum mehr aufrecht halten. Die relativ kurze Strecke vom einen zum anderen Krankenhaus kam mir im Auto relativ lang vor, und ich war dankbar und froh, dass mich meine Gefährtin nicht selbst fahren lassen hatte. Irgendwie schaffte ich es vom Parkplatz zum Aufnahmeschalter der „Barmherzigen Brüder". Ich fand ihn unbesetzt vor. Hinter dem Schalter und vor dem Schalter. Das Licht der Notbeleuchtung war schummrig, aber ich konnte den Text auf dem Schild ausreichend gut lesen.

Dieser Schalter ist in der Zeit von … bis … nicht besetzt! Die Nachtaufnahme des Krankenhauses der „Barmherzigen Brüder" erfolgt im Aufnahmebereich des Krankenhauses der „Barmherzigen Schwestern"!

Das sollte eigentlich kein Drama sein, weil die beiden Krankenhäuser in unmittelbarer Nachbarschaft stehen und so jenes der „Barmherzigen Schwestern" gut fußläufig erreichbar war. Trotzdem, wahrscheinlich schmerzbedingt, begann ich langsam, die Nerven zu verlieren.

Irgendwann erreichte ich schließlich den Aufnahmeschalter der „Barmherzigen Schwestern", der ja in dieser Nacht eigentlich der Aufnahmeschalter der „Barmherzigen Brüder" war. Ich fand ihn unbesetzt vor. Allerdings vor dem Schalter. Keine Menschenschlange, niemand. Wahrscheinlich geben viele einfach auf. Hinter dem Schalter saß eine nette Dame in Weiß, und ich durfte ihr mein Problem schildern. Das machte sie etwas unsicher, und sie erklärte mir, dass sie jetzt nicht genau wisse, ob sie mich in die Zahn-Notambulanz oder in die Neurologie schicken solle. Sie würde die Meinung eines Arztes beiziehen. Schon relativ kurze Zeit später erschien ein junger, hochgewachsener Arzt mit trendigem Flaum im Gesicht und fragte mich nach meinem Begehr. Ich begann ihm mühsam zu erklären, dass ich im Backenbereich bis über die Schläfen hinauf heftige Schmerzen… Hier unterbrach er mich mit den Worten: „Alles klar, folgen Sie mir in die Zahnambulanz" und schickte sich an, voraus zu gehen. – „HALLLOOO!!!" - Ich war es, der ihm dies in einer Lautstärke nachschrie, die ich mir in diesem Zustand gar nicht zugetraut hätte. Und weiter: „Ich bin noch nicht fertig, hören Sie mir gefälligst zu, wenn Sie mich schon etwas fragen!" Er meinte, dass wir das doch nicht hier draußen am Schalter besprechen müssten, war aber dann doch bereit, sich erklären zu lassen, dass meine linke

Gesichtshälfte gelähmt war. „Alles klar, folgen Sie mir in die Notaufnahme, ich schicke Ihnen dann einen Neurologen." Der Spruch, „Durchs Reden kumman d'Leut z'samm" hatte sich offensichtlich gerade wieder einmal bestätigt.

Behandlung …

Der Schmerz war höllisch, aber allein die Tatsache, dass ich nun endlich auf eine Liege der Notfallambulanz der „Barmherzigen Schwestern", die - wie bereits erwähnt- zu diesem Zeitpunkt ja die Notfallambulanz der „Barmherzigen Brüder" war, gebettet wurde, und ich das Gefühl hatte, dass sich jemand um mich kümmert, gab Hoffnung. Eine weitere nette Dame in Weiß, vermutlich eine Krankenschwester, Pflegerin oder dergleichen, zapfte mir eine ordentliche Portion Blut ab, um es in diverse Röhrchen zu füllen, und fragte mich, ob ich gerne eine schmerzstillende Infusion hätte, bis der Arzt Zeit für mich haben würde. Ich erklärte ihr, dass ich damit bis zur Untersuchung durch den Arzt warten möchte, um nicht eventuell mein Krankheitsbild und somit die Diagnose zu verfälschen. Das leuchtete ihr ein und sie verschwand mit einem Lächeln für immer aus meinem Leben. Nach einer gefühlten Ewigkeit betrat schließlich der offensichtlich zuständige Neurologe den Raum. Es war ein netter, freundlicher junger Mann, der sich überraschend entspannt und unaufgeregt meinem Problem widmete. Er schien nicht in Eile zu sein und konnte sich voll und ganz auf meine Schilderungen konzentrieren und nahm sich die nötige Zeit für eine entsprechende Diagnose. Er wirkte äußerst kompetent und konnte meiner Vermutung, wonach es sich um den Trigeminus handeln könnte, durchaus etwas abgewinnen. Zudem erhärtete eine Google-Recherche seinerseits unseren Verdacht. Um unsere weitere gemeinsame Vermutung, wonach es sich wahrscheinlich eher nicht um einen Schlaganfall handeln würde, ebenfalls zu erhärten, führten wir sodann eine Reihe von neurologischen Untersuchungen durch. Nach dem üblichen Gedächtnis-Check durch Abprüfen von Datum, Wochentag, Geburtsdatum, Alter der Kinder, Mädchenname der Mutter, usw., erfolgten die obligatorischen Motorik-Tests wie „Finger-zur-Nase", „Zeigefinger-zu-Zeigefinger-ohne-Gucken", Zehenstand, einbeiniger Fersenstand und vieles mehr.

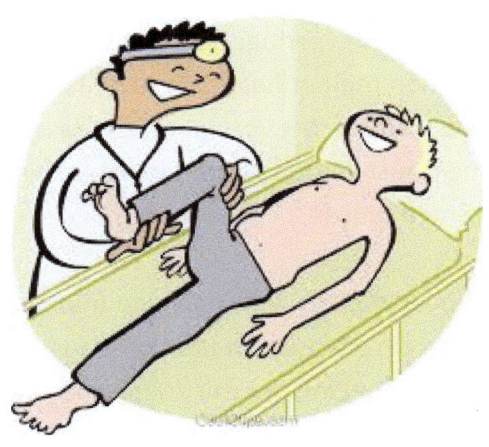

Mein Gedächtnis und meine Motorik funktionierten einwandfrei. Natürlich freute ich mich darüber, allerdings bereitete der Umstand, dass ich noch immer starke Schmerzen hatte, und mein Gesicht halbseitig gelähmt war, dem Gefühl der Freude etwas Abbruch. Wir unterhielten uns noch eine ganze Weile über Gott und die Welt und plötzlich schien es mir, als würde der Schmerz zumindest etwas nachlassen. Ich informierte mein Gegenüber über mein subjektives Gefühl und wir philosophierten über die Möglichkeit, dass man sich an einen Schmerz über einen gewissen Zeitraum soweit gewöhnen könnte, dass man ihn als „nachlassend" empfinden könnte. Im Zuge der Unterhaltung fiel uns ein, dass ich ja noch gar keine schmerzstillende Infusion erhalten hatte. Überraschenderweise hatte sich der Schmerz während unseres stundenlangen Zwiegesprächs aber nun tatsächlich deutlich verringert und ich konnte auch einzelne Partien meiner linken Gesichtshälfte wieder ansatzweise spüren. Wir vereinbarten, dass wir mit dem Schmerzmittel noch warten würden, bis die Ärztin kommen würde.

Ok, ich gebe zu, dass es sehr naiv von mir war, zu glauben, dass ein Mensch im Krankenhaus, der Zeit hatte, sich stundenlang mit mir zu beschäftigen, ein Arzt sein könnte.

Irgendwann, die Schmerzen hatten sich auf ein erträgliches Maß reduziert, und ich konnte meine Oberlippe und Nase, zwar irgendwie samtig, aber doch wieder spüren, betrat die Ärztin den Raum. Nachdem sie den vorbereiteten Bericht ihres jungen, vermutlich angehenden Kollegen, kurz überflogen hatte, schloss sie sich unserem Trigeminus-Verdacht an, und deutete die Möglichkeit einer Entzündung als Ursache an. Also verschrieb sie mir erst mal entzündungshemmende Schmerztabletten und schrieb mir zur genaueren Abklärung eine Überweisung zum niedergelassenen Radiologen für ein Kopf-MRT, nachdem die MRT-Auslastung des krankenhauseigenen Gerätes möglicherweise zu einer Wartezeit bis zu 14 Tagen hätte führen können, was sie in diesem dringlichen Fall eher nicht für ratsam hielt.

Um 3 Uhr morgens entließen mich schließlich die „Barmherzigen Schwestern", die nunmehr nur noch einige Stunden die „Barmherzigen Brüder" sein mussten, in die kalte Nacht hinaus. Ich fühlte mich müde und ausgebrannt. Zum Glück waren die Schmerzen fast weg und ich wollte nur noch nach Hause und schlafen. Die Medikamente wollte ich mir am nächsten Tag besorgen, weil ich mir die Suche nach einer Nachtapotheke, die dann vielleicht eigentlich für diese Nacht ohnehin eine andere sei oder so ähnlich, ersparen wollte.

Endlich lag ich im Bett und schloss die Augen. Und dann kam er zurück. Urplötzlich setzte der Schmerz zur nächsten Attacke an. Ich haderte etwas mit meinen Entscheidungen der vergangenen Stunden bezüglich Infusionen und Tabletten, stellte mich tot und hielt tapfer durch bis zur Öffnungszeit meiner Apotheke. Ich hoffe, ich kann die Jahre, die ich in dieser Nacht gealtert bin, bei Gelegenheit wieder einmal aufholen.

Das verordnete Medikament wirkte am folgenden Tag Wunder. Schon nach wenigen Stunden hatte sich der Schmerz auf ein angenehm erträgliches Maß reduziert, und die Lähmung der Gesichtshälfte war einem leicht samtigen Taubheitsgefühl gewichen, vergleichbar in etwa dem Nachlassen der Betäubungsspritze nach einem eher unangenehmen Zahnarztbesuch. Bereits nach zwei Tagen war ich wieder völlig schmerzfrei und bis auf einen kleinen Bereich der Oberlippe konnte ich auch mein Gesicht wieder uneingeschränkt spüren und fühlen. Ich hatte das Medikament für drei Tage verordnet bekommen, und nach diesen drei Tagen war tatsächlich alles wieder gut.

Terminplanung, Teil 1 …

Da die Diagnose doch irgendwie auf Vermutungen und Google-Recherchen basierte, wollte ich natürlich, um andere Unpässlichkeiten in meinem Kopf ausschließen zu können, möglichst rasch einen Termin beim Radiologen für ein Kopf-MRT wahrnehmen. Da das Gerät der „Barmherzigen Geschwister", laut Aussage der Ärztin ziemlich ausgelastet war, und es dadurch möglicherweise zu einer 14-tägigen Wartezeit hätte kommen können, hatte sie mich ja aufgrund der Dringlichkeit an einen niedergelassenen Radiologen überwiesen. Gut so, man will ja nicht tage- oder sogar wochenlang in Ungewissheit leben. Also vereinbarte ich gleich am nächsten Tag, also am 5. Februar einen Termin. Ich erhielt den nächsten freien Termin um 11 Uhr 20 - am 2. April !!!

Ich bin mir nicht sicher, ob man diese Zeitspanne noch dem Begriff „prompt" zuordnen kann, aber immerhin betrug die Wartezeit weniger als zwei Monate. Als ich sodann die Dringlichkeit zu erklären versuchte, und dass ein Termin in zwei Monaten keine entscheidende Beschleunigung gegenüber einem Termin in zwei Wochen wäre, erhielt ich die Zusicherung, dass ich, nachdem ich quasi gleich „ums Eck" wohnen würde, angerufen und eingeschoben würde, falls jemand ausfallen sollte. Das gefiel mir gut.

Nun war ich zu jener Zeit gerade damit beschäftigt, mein Büchlein „Max und Moritz sind geschüttelt*", einer Überarbeitung des Busch-Klassikers in Schüttelreimen, zur Veröffentlichung zu bringen. Das spießte sich allerdings etwas, da mir mein Verlag mehrfach die Annahme verweigerte, weil meine adaptierten Illustrationen immer wieder anderen adaptierten Versionen ähnlich sehen würden, und dadurch die Möglichkeit bestehen würde, dass sich irgendein anderer Verlag in seinen Rechten verletzt fühlen könnte. Die Begründung erinnerte mich irgendwie an den Grund zur Wiederholung der letzten Bundespräsidentenwahl. Als ein von mir vorgelegtes Beispielbild dann endlich unauffällig und eigenständig genug für eine Veröffentlichung war, konnte ich mein Büchlein endlich finalisieren.

Da das ewige Ändern und Adaptieren der fast einhundert Bilder schon langsam langweilig und mühsam wurde, beschloss ich, das Ganze nun an diesem Tag, in einem Zug durchzuziehen und fertigzumachen, wie lange es dann auch dauern würde. Es dauerte bis 9 Uhr vormittags des nächsten Tages. Aber ich hatte es geschafft.

*) inzwischen im sortierten Buchhandel unter der Nummer ISBN- 978-3-7431-2446-2 erhältlich

Als ich mit einer gewissen inneren Befriedigung aufblickte, standen vor mir ein übervoller Aschenbecher, zwei leere Kaffeetassen, etliche Dosen Bier und nicht zuletzt eine leere Flasche Rotwein. Ich war also tüchtig gewesen. Als ich zufällig am Badezimmerspiegel vorbei kam, blickte jemand heraus, dem die Haare zu Berge standen, und der unrasiert und zerknittert, irgendwie ungläubig an seinen Augen rieb. In diesem Augenblick läutete mein Telefon und eine freundliche Damenstimme übermittelte mir die frohe Botschaft, dass soeben jemand beim MRT ausgefallen wäre, und fragte mich, ob ich in einer Viertelstunde vor Ort sein könnte. Es war einer der raren Momente in meinem Leben, an denen ich mich definitiv nicht bereit fühlte, mich für 20 Minuten mit dem Kopf in eine Röhre zu legen. Also musste ich notgedrungen absagen. Zur Strafe fiel dann natürlich bis 2. April niemand mehr aus. Aber ja, wie sagte schon der legendäre, wortkarge österreichische Schirennläufer Rudi Nierlich, nachdem ihm ein besonders schlauer Reporter die Geheimnisse und Gründe von Sieg und Niederlage entlocken wollte? –

„Wanns laaft, dann laafts"

Beim MRT …

Am 2. April betrat ich überpünktlich die Ordination des Radiologen. Ein pompöser Empfangsbereich mit weitläufiger Rezeption und gleich drei weiblichen Portiers erwartete mich schon. Gut, dass ich schon um 11 Uhr 10 eingetroffen war, denn so hatte ich nach der herzlichen Begrüßung durch eine der Damen noch ausreichend Zeit bis zu meinem Termin um 11 Uhr 20, ein erforderliches Formular nach bestem Wissen und Gewissen auszufüllen. Bei dieser starken Nachfrage nach diesen Wunderwerken der medizinischen Technik, schien es mir klar zu sein, dass es auch eine Kostenfrage wäre, diese Geräte auch minutiös auszulasten, und ich hätte wahrlich ein schlechtes Gewissen gehabt, wenn ich auch nur für eine einzige Sekunde Verzögerung gesorgt hätte. Darum war ich auch schon 10 Minuten vor meinem 11-Uhr-20-Termin pflichtbewusst eingetroffen. Ich getraute mich nicht einmal mehr, kurz aufs WC zu gehen.

Es war 12 Uhr 17, als ich schließlich aufgerufen wurde, und ich überlegte kurz, ob ich den Termin vor 6 Wochen vielleicht doch geschafft hätte, wenn ich gewusst hätte, dass „in 15 Minuten" eigentlich „in 72 Minuten" heißt. Nun ja, Schwamm drüber.

Am nächsten Nachmittag konnte ich mir schließlich meinen Befund und meine beweglichen Bilder, die auf einer CD abgespeichert waren, abholen. Daheim machte es dann richtig Spaß, sich durch mein Gehirn durch zu scannen und dabei groteske und gruselige Bilder entstehen zu lassen. Ich bin nun mal verspielt. Beim dazugehörigen Befund konnte ich, als Laie, zwar einzelne Buchstaben, Wörter und Satzgebilde lesen, aber natürlich das Ganze nicht dem Sinn nach zuordnen und erfassen. Darum machte ich mich am nächsten Tag zu meinem Hausarzt auf, um mir alles erklären zu lassen, und zu fragen, ob diesbezüglich irgendwelche Maßnahmen zu ergreifen wären oder ich auf irgendetwas achten müsse.

Dazu ist zu sagen, dass ich vor einigen Jahren meinen Hausarzt gewechselt habe, weil mir stundenlange Wartezeiten in Ärzte-Wartezimmern ein Gräuel sind, und dieser Arzt wirklich sehr bemüht ist, keine unnötigen Wartezeiten entstehen zu lassen. Auch dieses Mal waren zwar vier Patienten vor mir an der Reihe, aber es ging wieder einmal ruck zuck. Die ersten drei brauchten insgesamt gerade mal eine schwache Viertelstunde, und der vierte wollte überhaupt nur ein Rezept verlängert haben. Dann sollte schon ich drankommen. Leider bekam der vierte sein Rezept nicht. Just in dieser Sekunde meldete der Drucker der

Assistentin einen Papierstau, und sie rief den Herrn Doktor zu Hilfe. Mein Hausarzt ist grundsätzlich ein äußerst kompetenter, schneller, gründlicher, hartnäckiger und lösungsorientierter Mensch. Da bei einem Doktorats-Studium für Allgemeinmedizin das Thema Drucker-Papierstau allerdings wohl eher im Hintergrund steht, blieben von den obengenannten Eigenschaften in dieser Situation nur mehr die Gründlichkeit und die Hartnäckigkeit über. Nach über einer Stunde Hartnäckigkeit und mehreren erfolglosen Anrufen bei diversen Hotlines und Druckerexperten - das Wartezimmer war in der Zwischenzeit gerammelt voll- gab er schließlich auf, und beschloss, für diesen einen Tag die Rezepte und Überweisungen eben händisch auszustellen. Tja, „wanns laaft, dann laafts", wie der legendäre Rudi Nierlich zu sagen pflegte.

Nun war ich also an der Reihe. Nach einem Blick auf meinen Befund erklärte er mir, dass mein Gehirn unauffällig sei. Jetzt nicht unauffällig im Sinn, dass man es im Kopf kaum wahrnehmen würde, sondern eben unauffällig in der Befundung von „Signalintensität der Strukturen", von „Hirnfurchen", "Liquorsystem", „Medianlinienstrukturen" und ähnlichem Zeugs. Meine leichte Vergesslichkeit hatte mein Gehirn offensichtlich vor dem MRT-Apparat gut verbergen können. Ein weiterer Punkt des Befundes, wonach sich bei gezielter Darstellung der KHBW-Strukturen und der Trigeminusverläufe links ein Nahverhältnis des N. trigeminus am Abgang aus dem Hirnstamm mit einem zarten Blutgefäß ohne eindeutigen Komplikations-Hinweis zeige, sagte ihm allerdings kaum mehr als ein Papierstau und er überwies mich zur genaueren Befundauswertung in die „Neurochirurgische Ambulanz des Neurocampus Linz". Verständlich. Auch ich war beim googeln auf keinen grünen Zweig gekommen.

Der letzte Punkt des Befundes, wonach sich aktuell deutliche T2-hyperintense Auflagerungen an den Siebbeinzellsepten und an den OK-Höhlenwänden links ausgeprägter als rechts, geringgradiger an den Stirnhöhlenwänden zeigen würden, veranlasste ihn zu einer zusätzlichen Überweisung zum HNO-Arzt. Hierzu erklärte mir Google, dass offensichtlich die Schleim-häute meiner Nasennebenhöhlen zum Zeitpunkt der Untersuchung etwas angeschwollen waren. Das würde auch meinen zu dieser Zeit ständig wiederkehrenden Schnupfen einigermaßen erklären.

Ich beschloss, beiden Überweisungen zu folgen und mir entsprechend Termine geben zu lassen.

Terminplanung, Teil 2 …

Zum wiederholten Male bemühte ich tags darauf das Internet, um mir die Telefonnummern zu suchen. Das war schnell erledigt und ich wählte die Nummer des HNO-Arztes. Leider hatte sich Rudi Nierlich in den letzten Tagen schon so sehr daran gewohnt, überall ein gewichtiges Wort mitzureden, dass ich gerade zu diesem Zeitpunkt keine Verbindung zu meinem Mobilfunknetz herstellen konnte. Was ich auch versuchte, vom Neustart des Telefons, über das Kontrollieren der Einstellungen bis hin zum Standortwechsel. Mein Telefon ließ mich stundenlang nicht telefonieren. Urplötzlich funktionierte es dann wieder einwandfrei und ich wählte nochmals die Nummer des HNO-Arztes. Unproblematisch und ohne viel Tamtam erhielt ich einen Termin für 28. April um 12 Uhr 45. Das war akzeptabel und fiel für mein Empfinden gerade noch in die Kategorie „prompt". Weil es gerade so gut lief, versuchte ich gleich, auch einen Termin in der Universitätsklinik zu erhaschen.

Die Stimme am anderen Ende der Leitung wirkte auf mich etwas unsicher und unangenehm leise. Nachdem ich ihr mein Begehr vorgetragen hatte, nannte sie mir als Termin den 22. Juni um 10 Uhr. Das kam mir etwas langfristig vor, und ich fragte sie, ob sich meine

Hinterbliebenen dann diesbezüglich noch kurz melden sollten, falls ich in der Zwischenzeit versterben sollte. Sie meinte, dass das wahrscheinlich nicht notwendig sein würde. Wichtiger wäre für sie, dass ich ihr möglichst genau sagen könnte, welche Leistung ich gedenken würde, in Anspruch zu nehmen, weil sie mich einem bestimmten Arzt zuordnen müsse, und da wäre es wichtig zu wissen, ob ich zu einer Operation oder zu einer Behandlung kommen möchte. Ich wiederholte mein bereits vorgetragenes Begehr, wonach ich gern eine Abklärung meines Befundes nach einem Kopf-MRT in Anspruch nehmen würde. Sie wiederholte, dass es ihre Planung sehr erleichtern würde, wenn sie wüsste, was mir genau fehlt.

Ich versuchte ihr zu erklären, dass es auch für mich eine gewisse Erleichterung wäre, wenn ich wüsste, was mir genau fehlt, und dass ich aus diesem Grund gerne kommen möchte, um genau das abzuklären. Sie versuchte nochmal, mir klar zu machen, dass sie jetzt vor dem Problem stünde, dass sie nicht genau wissen würde, bei welchem der drei in Frage kommenden Ärzte sie mir jetzt einen Termin machen soll. Ich bot ihr an, einfach denjenigen zu nehmen, der am frühesten Zeit hätte. „Nein, nein!" sagte sie, der Termin stünde fest, der wäre am 22. Juni um 10 Uhr.

Um meiner Bewunderung Ausdruck zu verleihen, musste ich jetzt etwas weiter ausholen. Ich erklärte ihr in leicht verständlicher Kurzform einen Teil meines Lebens, währenddessen ich an meiner damaligen Arbeitsstelle gleichermaßen für Kalkulation und Kapazitätsplanung verantwortlich war, und dass in dieser Firma verschiedene Leistungen in mehreren, unterschiedlichen Gewerken angeboten wurden. Ich erklärte ihr, wie kompliziert und schwierig es für mich immer war, die richtigen Aufträge anzunehmen, um sowohl die Dachdecker und Schwarzdecker, als auch die Bauspengler im annähernd gleichen Zeitraum annähernd gleich auslasten zu können. Und ich zollte höchste Bewunderung dafür, dass es ihr offensichtlich gelungen war, alle drei für verschiedene Anliegen zuständigen Ärzte bis exakt 22. Juni, 10 Uhr mit Terminen zu belegen.

Da Sarkasmus unter anderem nicht zu ihren größten Stärken zu zählen schien, freute sie sich über das Kompliment. Auf meine Frage hin, welchen Arzt sie nun für mich ausgewählt hätte, und bei wem ich mich also nun eigentlich am 22. Juni melden sollte, meinte sie: „Beim Portier." Und ich sollte unbedingt meine Röntgenbilder mitbringen. Ich verwirrte sie noch kurz, indem ich ihr sagte, dass ich keine Röntgenbilder hätte, sondern eine CD mit beweglichen Bildern.

Sie fragte mich noch kurz, ob das bei ihnen dann eingelesen werden kann, aber ich konnte ihr nur meine Vermutung, wonach ich das schon annehmen würde, offenlegen. Nun ja, wir würden ja sehen, was der Portier am 22. Juni um 10 Uhr dazu sagen würde.

Resümierend konnte ich also dann festhalten, dass ich immerhin die Chance hatte, vielleicht tatsächlich vor Ablauf eines halben Jahres zu erfahren, warum es mir am 4. Februar fast den Schädel zerrissen hätte.

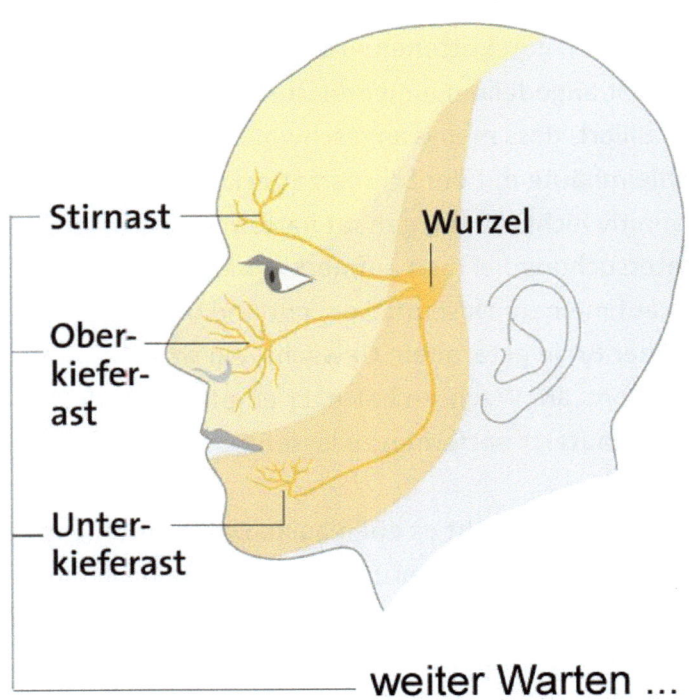

Stirnast

Wurzel

Ober-
kiefer-
ast

Unter-
kieferast

weiter Warten ...

Beim HNO-Arzt …

Aber vorher durfte ich mich noch in einigen Nebenschauplätzen verlieren. Zum Beispiel hatte ich ja noch am 28. April einen Termin beim HNO-Facharzt. Von diesem Termin war ich ausgesprochen positiv überrascht. Zum einen hatte ich diesen Termin innerhalb einer Woche erhalten und wurde dann tatsächlich nicht einmal 5 Minuten nach der vereinbarten Uhrzeit aufgerufen. Der Arzt untersuchte mich mehr als gründlich, ließ mir noch aufgrund meines fortgeschrittenen Alters zur Sicherheit einen Hörtest angedeihen, und erklärte mir verständlich und detailliert, dass meine angeschwollenen Nebenhöhlen-Schleimhäute mit der Schmerzattacke im Februar definitiv nichts zu tun gehabt hatten. Im Zuge der Untersuchung fiel dem aufmerksamen Arzt auf, dass ich auf meinem Nasenrücken, gut und unauffällig von meiner Brille getarnt ein Gewächs, ein so genanntes Basaliom, am Wachsen hatte. Er empfahl mir, dieses beim Hautarzt entfernen zu lassen.

Ja, Freunde, so geht es eben auch. Dafür bezahle ich meine Krankenversicherungs-Beiträge. Und ich bin fest davon überzeugt, dass es mit etwas Hausverstand, mit einem Mindestmaß an logischem Denkvermögen, aber zuallererst mit etwas gutem Willen und etwas weniger

Arroganz und Ignoranz überall möglich sein müsste, einen Arztbesuch nicht zu einer quälenden, menschenverachtenden Warterei ausarten zu lassen.

Nicht ganz so unproblematisch lief es dann beim Hautarzt ab, aber dazu mehr im nächsten Kapitel.

Doch nun vorerst zurück zum nervigen Trigeminus:

Befundbesprechung ...

Dann endlich war der 22. Juni ins Land gezogen und ich hatte um Punkt 10 Uhr nun tatsächlich meine Befundbesprechung im Krankenhaus. Den Termin hatte ich ja vor nunmehr zweieinhalb Monaten vereinbart, und ich sollte pünktlich erscheinen. Also erschien ich pünktlich, und meldete mich, wie telefonisch vereinbart, beim Portier. Dieser erklärte mir nun freundlich die nächsten Schritte. Ich sollte zur Anmeldung gehen, mir dort vom Automaten eine Nummer ziehen und mich anschließend hinter einer der 3 Türen anmelden. Also tat ich, wie mir geheißen, zog mir vom Automaten die Nummer 75 und trat in eine der Anmeldungs-Räumlichkeiten ein, grüßte freundlich und überreichte der netten Dame am Schreibtisch meine (handgeschriebene) Überweisung. Die junge Dame wirkte nett und kompetent, zog meine E-Card durch, las meine mitgebrachte CD von meinem Kopf-MRT in das Krankenhaus-System ein, stellte mir noch einige sachspezifische Fragen und überreichte mir anschließend eine Mappe, mit der ich mich schräg gegenüber in den Warteraum setzen sollte, um auf meinen Aufruf zu warten. Ich fragte noch, ob ich meine gezogene Nummer 75 mitnehmen sollte, aber sie meinte, die wäre für sie, und warf sie, nachdem ich sie ihr ausgehändigt hatte, in den bereitstehenden

Papierkorb. Sie erahnte meinen fragenden Blick und erklärte mir, dass heute „absolut nichts los" wäre, und darum hätte ich bei der Anmeldung nicht auf den Aufruf meiner Nummer warten müssen. Dass „absolut nichts los" war, freute mich und ich scherzte noch: „Das liegt wohl am schönen Wetter", bevor ich mich Richtung Warteraum begab. Sie lachte und rief mir noch freundlich nach, dass sie heute auch lieber baden gehen würde.

Froh, dass „absolut nichts los" war, öffnete ich die Tür und stellte fest, dass der riesige Wartesaal gerammelt voll war. In diversen Gesprächen mit einigen Wartenden durfte ich erfahren, dass einige von ihnen bereits seit über 3 Stunden warteten. Nämlich diejenigen, welche einen 7-Uhr-Fixtermin hatten. Die mit dem 8-Uhr-Fixtermin warteten eben erst seit 2 Stunden. Nach beinahe einer halben Stunde, in der genau NIEMAND aufgerufen wurde, habe ich mir eine Dead-Line gesetzt. Ich war bereit, genau eine Stunde, und keine Sekunde länger zu warten. Einmal öffnete sich die Tür und eine Krankenschwester begab sich zu einer alten Dame, die auch schon seit 2 Stunden wartete, um ihr mitzuteilen, dass ihr Arzt heute nicht im Haus wäre, und sie nächsten Mittwoch wieder kommen sollte.

Nun, die Stunde verging, und es wurden von den geschätzten 50 Leuten immerhin 2 aufgerufen. Meine Zeit war abgelaufen. Also schnappte ich die Mappe, die mir bei der Anmeldung ausgehändigt worden war, begab mich zu eben dieser Anmeldung und knallte der netten Dame die Mappe auf den Tisch. Sie fragte mich entgeistert, ob ich ein Problem hätte. Ich antwortete ihr, dass ich kein Problem hätte, sie allerdings nun mit mir eines bekommen würde. Ich erklärte ihr, dass ich vor zweieinhalb Monaten für heute, Punkt 10 Uhr einen Fixtermin ausgemacht hätte, und jetzt nicht bereit wäre, mich verarschen zu lassen, und den halben Tag im Wartesaal herum zu sitzen. Ich erklärte ihr weiter, dass es jetzt zwei Möglichkeiten gäbe. Entweder ich würde jetzt sofort dran kommen oder sie solle sofort den Termin stornieren und meine E-Card zurückbuchen. Ich würde mir in diesem Fall vor Gericht einen Fix-Termin erstreiten. Sofort war Feuer am Dach. Sie rief in der Wartehalle an und erläuterte den zuständigen Terminplanern meine, in Wahrheit wohl leere, Drohung. Anschließend ersuchte sie mich höflich, in den Wartesaal zurückzugehen und mich bei der dritten Tür links bei der Schwester Andrea zu melden. Schwester Andrea wartete schon auf mich bei offener Tür. Ganz kurz versuchte sie noch, mir freundlich zu erklären, dass man halt hier immer mit gewissen

Wartezeiten zu rechnen hätte, und sie fragte mich, wie lange ich noch Zeit hätte. Ich erklärte auch ihr unmissverständlich, dass es nur zwei Möglichkeiten gäbe. Entweder ich würde jetzt sofort drankommen, oder ich würde mir vor Gericht einen Fixtermin erstreiten, und dass das nicht das erste Mal wäre. Meine Stimme war mittlerweile laut genug, um vom ganzen Wartesaal gehört zu werden. Sie versuchte einen letzten Trick und hoffte wohl auf Unterstützung durch einen entsprechenden Unmut der anderen Wartenden, indem sie mir erklärte, dass nun eben mal so viele Leute da wären, ich könnte ja selbst sehen, wie voll der Warteraum sei, und es würden einige schon viel länger warten als ich. Sie erhoffte sich wohl ein „genau" oder „so ist es" von den Herumsitzenden. Doch dann erklärte ich ihr kurz und prägnant, dass das definitiv nicht mein Problem sei, und dass eben auch die anderen Patienten absolut nichts dafür könnten, dass sie schon stundenlang warten müssten, sondern dass das ausschließlich an der Unfähigkeit zu einer halbwegs vernünftigen Terminplanung liegen würde. Wenn diejenigen, die ohnehin nicht vor Mittag drankommen würden, einen Termin um 12 Uhr hätten, wären sie sicher nicht schon seit 3 Stunden hier, sondern noch gemütlich zu Hause oder eben fleißig bei der Arbeit. Nun ja, das „genau" und das „so ist es" bekam nun ich.

„Also, was ist jetzt?" war nun meine Frage. „Na gut, kommen Sie mit." war die Antwort. Drei Minuten später saß ich einer freundlichen Ärztin gegenüber, die mir erklärte, dass mein Befund in Ordnung wäre und kein weiterer Besuch notwendig sei. Sie war nett und konnte sich meiner Eigendiagnose, wonach es sich offensichtlich um nichts akut Lebensbedrohliches gehandelt haben dürfte, nachdem ich im vergangenen halben Jahr nicht verstorben war, durchaus inhaltlich anschließen. Meinen Sarkasmus hat sie überhört oder nicht verstanden. Nach dem Verlassen des Ärztezimmers, beim Durchqueren des Wartesaales vernahm ich das eine oder andere „Bravo" und sogar verstohlenen Applaus, obwohl sie ja jetzt noch länger warten mussten. Ich riet ihnen noch, sich diese sinnlose, idiotische Warterei nicht länger gefallen zu lassen und verabschiedete mich Richtung Ausgang.

Abschlusspointe ...

Wie bringt man nun als Erzähler eine derart lange
Geschichte pointiert zu Ende? Man wartet einfach ab,
denn die besten Abschluss-Pointen schreibt sich
immer noch das reale Leben selbst.

Eine Woche später habe ich per Post endlich meinen
abschließenden Befund erhalten. Das lange, bange
Warten hatte nun tatsächlich ein Ende gefunden.
Resümierend zusammengefasst, hatte ich also Anfang
Februar eine heftige, stundenlang andauernde
Schmerzattacke mit einer Lähmung der linken
Gesichtshälfte. Im Krankenhaus wurde damals die
Situation als durchaus besorgniserregend eingestuft
und mir erklärt, dass eine dringende Abklärung mittels
Kopf-MRT erforderlich wäre.

Da das krankenhausinterne MRT-Gerät leider für 14
Tage ausgebucht war, hatte mich die behandelnde
Ärztin auf Grund der hohen Dringlichkeit an einen
niedergelassenen Radiologen überwiesen. Nun hatte
ich also nach einer monatelangen Odyssee letztendlich
am 22.Juni um 10 Uhr einen endgültigen Termin zur
abschließenden Befundbesprechung. Das heißt, auf
Grund der Dringlichkeit durfte ich statt 14 Tagen fast
ein halbes Jahr auf die Abklärung warten.

Wie schon erwähnt, erhielt ich also eine Woche darauf per Post endlich den abschließenden Befund. Frei interpretiert hat das Schreiben folgenden Inhalt:

Aufgrund der langen Zeitspanne, die seit dem Ereignis vergangen ist, kann man nichts Genaues sagen, lässt sich also die Ursache nicht mehr feststellen, sondern nur mehr vermuten. Am ehesten, steht darin, tippen sie auf eine seinerzeitige Entzündung des Trigeminus-Nervs, obwohl man davon nach so langer Zeit natürlich nichts mehr sehen kann. Wenn solches wieder einmal auftreten sollte, möge ich wieder vorstellig werden, vielleicht kann man dann mehr sagen. Wie bereits geschrieben: Die besten Abschluss-Pointen schreibt sich immer noch das reale Leben selbst.

Ein Basaliom will erklärt sein

Wie im Vorkapitel bereits erwähnt, hatte mein HNO-Arzt bei einer Untersuchung auf meinem Nasenrücken ein Basaliom entdeckt, und mir geraten, dieses bei einem Hautarzt entfernen zu lassen.

Mittlerweile war ich Kummer bei der Vereinbarung von Terminen gewöhnt. Trotzdem oder auch deshalb vereinbarte ich sicherheitshalber vorab telefonisch einen Termin. Im Zuge des Gesprächs fragte mich die Dame am anderen Ende der Leitung, was mir fehlen würde. Da sie eine freundliche Stimme hatte, wie mir schien, erlaubte ich mir zu scherzen, dass mir nichts fehlen würde, sondern dass ich ganz im Gegenteil etwas zu viel hätte, nämlich ein Basaliom auf meinem Nasenrücken, welches ich mir gerne operativ entfernen lassen wolle. Ich hatte mich in ihrer Stimme nicht getäuscht, sie hatte Humor. Lachend fragte sie mich, was ein Basali...was? sei. Ich erklärte ihr, dass das eine Art weißer Hautkrebs ist, der im Normalfall harmlos ist, weil er nicht zur Metastasen-Bildung neigt. Sie gab sich mit meiner medizinischen Auskunft zufrieden. Überraschenderweise konnte ich zwischen mehreren Terminen, die mir die Dame am Telefon zur Auswahl stellte, wählen. Ich sagte ihr, dass ich gerne denjenigen Termin haben möchte, bei dem ich, nach ihrer Einschätzung und ihren Erfahrungswerten nach, die kürzeste Zeit im Wartezimmer verbringen müsste. Wie aus der Pistole geschossen kam die Antwort: „Dann kommen Sie bitte nächsten Dienstag gleich um 8 Uhr früh, wenn das möglich ist."

Es war mir möglich. Überpünktlich kam ich am Dienstag um 5 Minuten zu früh zu meinem 8-Uhr-Termin und stand vor einer verschlossenen Tür. „Do is nu zua!" informierte mich ein offensichtlicher Mitpatient, der schräg gegenüber an der Wand lehnte. Zwar gab es in diesem Stockwerk des Ärztezentrums im weiten Flur jede Menge Sitzgelegenheiten, die im Übrigen alle besetzt waren, aber eben nicht vor der Tür des Hautarztes. Das wertete ich als positives Zeichen und lehnte mich neben meinen Informanten. Kurz darauf entstieg der Rattenfänger von Hameln der Aufzugstür und war sofort von allen im ganzen Stockwerk herumsitzenden Menschen umzingelt. Es traf mich unvorbereitet, dass der Rattenfänger sodann die Tür zur Ordination des Hautarztes aufschloss, und sich überraschenderweise als dessen Vorzimmerdame entpuppte. Deshalb konnte ich meine lehnende Pole-Position nicht im Geringsten nutzen, und fand mich schließlich eingepfercht mitten in einem Knäuel potentieller Haut- und Geschlechtskranker wieder.

Nach einer knappen Viertelstunde in der langen Warteschlange keimte in mir der leise Verdacht, dass dieser 8-Uhr-Termin möglicherweise gar nicht mein Operationstermin sein könnte, sondern lediglich der Anmeldungstermin. Der Verdacht erhärtete sich bald zur Gewissheit, nachdem ich Zeuge wurde, wie sich ein betagter Herr, offensichtlich unter Vorspiegelung falscher Tatsachen, einen bevorzugten Termin erschleichen wollte. Er behauptete dreist, dass er bereits um halb zehn einen anderen Arzttermin hätte, und deshalb bitte gleich drankommen möchte. Er war rasch enttarnt. Die Vorzimmerdame gab ihm nämlich den Rat, den anderen Termin zuerst wahrzunehmen, weil der Hautarzt ohnehin nicht vor zehn Uhr eintreffen würde, und demnach eine Vorreihung weder sinnvoll noch möglich wäre. Der Senior beschloss zerknirscht, auf den Arzt zu warten.

Endlich war dann schließlich auch ich an der Reihe, um meine E-Card vorzulegen, mich freundlich lächelnd vorzustellen, die Fragen nach meinem Wohnort, Alter, Beruf, Familienstand, Telefonnummer, und dem Grund meines Vorsprechens wahrheitsgemäß nach bestem Wissen und Gewissen zu beantworten. Als ich ihr zu erklären versuchte, vor einer halben Stunde einen Operationstermin gehabt zu haben, sah sie mich überrascht an und fand schließlich meinen Namen tatsächlich in dem riesigen vor ihr liegenden Termin-Buch im Bereich „Dienstag-Vormittag". Sie fragte mich dann mit freundlicher Stimme, was mir fehlen würde. Sofort setzte sich der Schalk in meinen Nacken, und erklärte ihr, wie schon ich eine Woche vorher am Telefon, dass mir nichts fehlen würde, sondern dass ich im Gegenteil etwas zu viel hätte, nämlich ein Basaliom auf meinem Nasenrücken, welches ich mir gerne operativ entfernen lassen wolle. Wieder hatte ich sie richtig eingeschätzt. Sie hatte es vergessen, und so durfte ich ihr auf ihre Frage, was ein Basaliom sei, noch einmal erklären, dass das eine Art weißer Hautkrebs ist, der im Normalfall harmlos ist, weil er nicht zur Metastasen-Bildung neigt. Wieder gab sie sich mit meiner medizinischen Auskunft zufrieden.

Da ich ja mitbekommen hatte, dass der Arzt ohnehin erst um zehn Uhr eintreffen würde, suchte ich nach einem Fluchtweg, auf dem ich unbemerkt entkommen konnte, um noch einige für diesen Vormittag geplante Erledigungen vorzunehmen. Ich wollte einfach erst gegen 10 Uhr mit dem Warten beginnen. Ich entschied mich für einen WC-Besuch, nachdem ich sah, dass dieses strategisch günstig und ausgangsnah gelegen war. Von dort wollte ich die paar Schritte bis zur Ausgangstür wagen und für eineinhalb Stunden entkommen, ohne dabei der Gefahr einer Rückreihung ausgesetzt zu sein. Während ich meinen Plan noch einmal im Kopf durchspielte, hörte ich plötzlich meinen Namen und schrak zusammen. Wie konnten sie von meinem Plan wissen? Langsam registrierte ich, dass ich tatsächlich in einen der insgesamt fünf Behandlungsräume gerufen wurde.

An den Birkenstock-Sandalen erkannte ich, dass die freundliche Anfangs-Zwanzigerin, die mich dort schon erwartete, wohl eine Nachwuchs-Ärztin sein musste. Wir begrüßten uns freundlich und sie fragte mich nach dem Grund meines Besuches. Ich erklärte ihr, dass ich ein Basaliom auf meinem Nasenrücken hätte, welches ich mir gerne operativ entfernen lassen wolle. Sicherheitshalber wollte ich ihr noch erklären, dass das ein harmloser weißer Hautkrebs sei, aber das wusste sie aufgrund ihrer Vorbildung. Sie ersuchte mich, auf der bereitstehenden Liege Platz zu nehmen und meine Brille abzunehmen. Dann leuchtete sie mir mit einer Taschenlampe auf meinen Nasenrücken, beäugte diesen sekundenlang und teilte mir anschließend mit, dass ich auf meinem Nasenrücken ein Basaliom hätte, was übrigens ein harmloser weißer Hautkrebs wäre, der im Normalfall nicht zur Metastasen-Bildung neigen würde, aber sinnvollerweise doch operativ entfernt gehören würde. Ich signalisierte ihr meine Bereitschaft zu diesem Schritt, schließlich war ich ja deswegen da.

Sichtlich froh über meine vernünftige Entscheidung und kooperative Bereitschaft wies sie mich an, mir bei der Anmeldung einen Termin für die Operation eines Basalioms auf dem Nasenrücken geben zu lassen.

Diesmal musste ich gar nicht lange warten, weil sich die Menschenschlange weitestgehend aufgelöst hatte. Für eine kleine Verzögerung sorgte lediglich der alte Herr, dem in der Zwischenzeit eingefallen war, dass er auch noch dringend in die Apotheke müsse und noch immer nicht dran war. Die Vorzimmerdame erinnerte ihn, dass der Arzt erst um zehn Uhr kommen würde. Als ich dann wieder an der Reihe war, ersuchte ich sie höflich um einen Termin für eine operative Entfernung meines Basalioms auf dem Nasenrücken. Ich war angenehm überrascht, dass sie mich nicht fragte, was ein Basaliom ist. Ich erhielt einen Termin für nächsten Mittwoch um 12 Uhr 15.

Am nächsten Mittwoch um Punkt 12 Uhr 15 wurde ich von der Assistentin für die Operation vorbereitet und anschließend vom Arzt operiert. Es gibt sie also doch, diese Fixtermine. Der Arzt erklärte mir anschließend noch, dass ich in ca. zehn Tagen ohne Termin einfach vorbeikommen sollte, und dass mir dann seine Assistentin die Fäden entfernen würde und verabschiedete sich wieder.

Er hat eine angenehme Stimme. Sehen konnte ich ihn ja nicht, weil meine Augen abgedeckt waren.

Ich sollte also dann einfach eine Woche später ohne Termin vorbeikommen. Das roch geradezu nach Wartezeit. Also musste ich mir etwas überlegen. Die Taktik des alten Mannes mit zusätzlichen Terminen usw. kam für mich nicht in Frage. Ich brauchte eine effizientere Ausrede, um mich vorzudrängen. Da fiel mir plötzlich ein, dass mein Hund vor einigen Tagen Durchfall gehabt hatte. Das war die Idee.

Und so kam es, dass ich mich nach zehn Tagen so gegen 9 Uhr in der völlig überfüllten Ordination einfand und bei der Vorzimmerdame mit einer ganz, ganz dringenden Bitte vorstellig wurde. Ich erklärte ihr, dass ich die halbe Nacht nichts geschlafen hätte, weil mein Hund seit Mitternacht Durchfall hätte, und jetzt allein zu Hause wäre, und dass ich nur hierbleiben könnte, wenn ich sofort an die Reihe käme. „Das ist ja furchtbar!" meinte sie, und „Kommen Sie gleich mit." Zehn Minuten später verließ ich die Ordination fadenlos. Zuvor hatte mir die junge Assistenz-Ärztin noch meinen Befund vorgelesen. Angeblich habe ich ein Basaliom auf meinem Nasenrücken gehabt, das nun operativ entfernt worden war. Ein Basaliom wäre übrigens ein zumeist harmloser, weißer Hautkrebs, der üblicherweise nicht zur Metastasen-Bildung neigen würde. Ich bedankte mich aufrichtig und erleichtert für die fachärztliche Information. Schließlich will man ja wissen, was man hat.

So hatte nun, über Umwege, meine Schmerzattacke von Anfang Februar, doch noch etwas Sinnvolles bewirkt. Meine Nase ist wieder basaliomfrei.

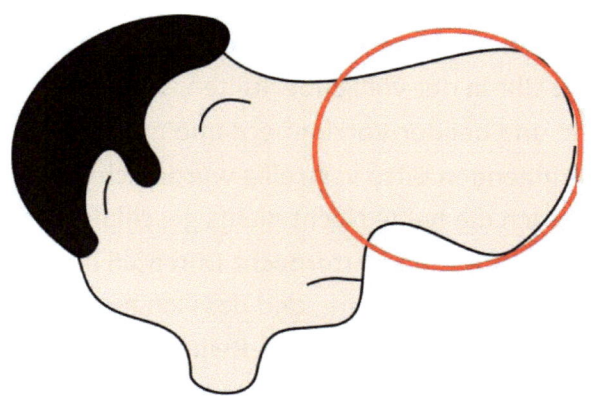

Senk-Spreizfuß-Bürokratie

Hierzu gibt es leider keine ausführliche Geschichte, da mir nach wie vor die Worte fehlen.

Da ich in meinem ganzen Leben mit dem Zeitvertreib Spazierengehen bis vor kurzem relativ wenig am Hut hatte, war meine angeborene Fuß-Fehlstellung auch in den letzten Jahrzehnten nie wirklich ein Thema. Eigentlich hatte ich längst verdrängt und vergessen, dass ich sogenannte Senk-Spreizfüße habe. Nun, da ich vor einem Jahr ein neues Familienmitglied in Gestalt einer reizenden Hündin in meinem Leben willkommen heißen durfte, hat sich die Situation dahingehend verändert, dass ich seither täglich stundenlang mit meiner Lilli durch Wälder, Wiesen, Auen und Felder flaniere. Zu jeder Jahreszeit und bei jedem Wetter. Um dabei Schlamm, Morast und sonstigem Unbill ein Schnippchen zu schlagen, habe ich mir für die Schlechtwettertage Gummistiefel zugelegt, die zudem bequem anzuziehen sind, weil ich sie mir aus genau diesem Grund „groß genug" gekauft hatte.

Der kurzen Rede kurzer Sinn: Mein Senk-Spreizfuß begann aufgrund der ungewohnten, ungewöhnlichen Belastung zu rebellieren. Die Rebellion äußerte sich in mir vorerst unerklärlichen heftigen Schmerzen im

Bereich des Vorfußes. Da sich die Situation dann auch beim Tragen von üblichem, gewohntem Schuhwerk nicht mehr besserte, war ich gezwungen, meinen Hausarzt aufzusuchen, um ihm meine Symptome zu schildern. Da er aufgrund meiner hervorragenden Werte bei der letzten Vorsorgeuntersuchung ein eventuelles Gicht-Gebrechen durch fortwährenden Alkohol- und Nikotinmissbrauch ausschließen konnte, blieben nur mehr die Möglichkeiten Knochenbruch, Arthrose oder Fuß-Fehlstellung. Eine unverzügliche Röntgenaufnahme brachte Gewissheit. Also schrieb mir mein Hausarzt einen Verordnungsschein für Schuheinlagen, die ich mir in einem Fachgeschäft für orthopädische Behelfe anpassen lassen sollte.

Um möglichst bald wieder schmerzfrei durch die Gegend wandern zu können, suchte ich umgehend mit meinem Verordnungsschein den nächstgelegenen Fachhändler auf, um mir meine Einlagen abzuholen. Leider ergab sich dort im Zuge des Gesprächs das Problem, dass, im Falle man schon längere Zeit keine Einlagen mehr gehabt hätte, und es deshalb wieder eine Erstverordnung wäre, die Krankenkasse nur dann ihren Anteil dazu beitragen würde, wenn auf dem Verordnungsschein der Stempel und die Unterschrift eines Facharztes, also in diesem speziellen Fall eines Orthopäden, prangen würde. Die Fachverkäuferin wusste allerdings unbürokratische Abhilfe. Sie drückte mir meinen Verordnungsschein in die Hand und schlug mir vor, einfach einen Stock höher zu gehen, und mir von dem im selben Haus praktizierenden Orthopäden Stempel und Unterschrift zu holen, um mir nicht neben dem stolzen Selbstbehalt in Höhe von 35 Euro auch noch die restlichen 85 Euro des Einlagenpreises berechnen zu müssen.

Und so kam es, dass ich einen Stock höher ging, um beim Facharzt diesbezüglich vorstellig zu werden. Als ich die freundliche Vorzimmerdame von meinem Begehr informierte, meinte sie, dass das natürlich überhaupt kein Problem wäre, und informierte mich nach einer kurzen Recherche, dass mein Termin der 10. August wäre, und ich sollte pünktlich um 7 Uhr 30 erscheinen. Nachdem ich den Ausstoß meines Adrenalins auf einen halbwegs normalen Wert herunterkorrigiert hatte und auch meine Atmung nicht mehr schnappend war, fragte ich sicherheitshalber nach, ob ihr bewusst sei, und falls ja, ob es ihr voller Ernst wäre, dass sie mir, der ich ein Schmerzpatient mit akuten Problemen wäre, soeben für einen läppischen Proforma-Stempel und eine Unterschrift einen Termin gegeben hatte, der weiter als zwei Monate in der Zukunft lag.

Seit sie entrüstet bejahte, weil sie ja niemanden bevorzugt behandeln könne, fehlen mir die Worte und darum gibt es hierzu auch keine detaillierte und ausführliche Geschichte.

Der Versuch, ihr die Win-Win-Situation zu erklären, wonach sie lediglich meinen Schein stempeln und vom Arzt unterschreiben lassen bräuchte, um meine E-Card einmal gewinnbringend durchziehen zu können, und mir damit gleichzeitig zwei Monate eher die Schmerzen zu lindern, scheiterte kläglich. Ich konnte ihre in der Luft liegende Entrüstung direkt spüren. Ich hatte offenbar tollkühn, aber erfolglos an ihrer Unbestechlichkeit gerüttelt. Ich denke, sie wird stolz auf sich sein.

Röntgenwahn

Eine Stunde hat 60 Minuten. Eine Viertelstunde hat, wie man schon vom Namen ableiten kann, nur ein Viertel dieser 60, also 15 Minuten. Also kann man mathematisch und auch logisch rückschließend davon ausgehen, dass eine Viertelstunde in einer Stunde nur viermal hintereinander Platz findet. Das müsste eigentlich jeder geistig halbwegs ausstaffierte Mensch verstehen und in weiterer Folge danach handeln können. Sollte man zumindest glauben.

In längst vergangenen Zeiten, als der Schreiber dieser Zeilen noch ein wilder, leidenschaftlich kämpfender Fußballspieler war, gehörten diverse Verletzungen zum Leben wie die Butter zum Brot. Auch so manche Operation war dann eben unumgänglich. Als ich mir dereinst wieder einmal das Knie vollständig zerbröselt hatte, war dann neben der üblichen Kreuzband-Reparatur und diversen Meniskus-Flickereien auch eine Knorpeltransplantation fällig. Da diese Form der Knorpel-Instandsetzung zu dieser Zeit noch in den Kinderschuhen steckte, und man daher noch wenig Erfahrungswerte hatte sammeln können, erklärte ich mich auf Anfrage bereit, 2 Jahre lang zu verschiedenen Nachuntersuchungen zu kommen, um den Ärzten einen Einblick über Entwicklung und mittelfristige Folgen zu geben. Welchem Risiko ich mich damals als Versuchskaninchen ausgesetzt hatte, wurde mir dann erst bei diesen Nachuntersuchungen bewusst, nachdem jedes Mal das ganze beteiligte Ärzteteam zusammenlief, und sich vor Freude kaum einkriegen konnte, dass so etwas tatsächlich funktioniert hatte.

Eine dieser Nachuntersuchungen fand in Form einer Computer-Tomographie statt, zu dieser ich eines Tages ins Krankenhaus geladen wurde. Ich erhielt für die Untersuchung einen Termin gleich um 8 Uhr morgens, und da so eine CT exakt 15 Minuten dauert, rechnete ich damit, immer eine kleine Verzögerung im Hinterkopf behaltend, dass ich das Krankenhaus so gegen halb neun wieder verlassen können würde. Ich war pünktlich. Die anderen sieben auch. Wir stellten fest, dass wir tatsächlich alle acht Anwesenden einen Termin um 8 Uhr erhalten hatten. Einer der Mit-Patienten, augenscheinlich Mathematiker, rechnete sich und uns vor, dass der letzte von uns erst frühesten um 10 Uhr seinen 15-Minuten-Termin absolviert haben würde. Wir teilten seine Empörung und insgeheim hoffte jeder, der erste sein zu dürfen. Nach einer Viertelstunde, in der wir vor verschlossenen Türen zu acht herumlungerten, musste der geübte Mathematiker seine Hochrechnung erstmals leicht nach oben korrigieren. Dann, um exakt 8 Uhr 17, öffnete sich Tür 1 und Herr Berger wurde hineingebeten. Er hatte also gewonnen.

Wie uns erst jetzt wieder einfiel, hatte er sich schon die ganze Zeit auffällig zurückgehalten. Wir waren uns sicher und einig: „Der kennt da jemanden!" Doch schon wenige Augenblicke später leuchtete oberhalb der Tür 2 ein grünes Lämpchen auf, und der ob seines vermutlich hohen Alters schon etwas angegriffen klingende Lautsprecher forderte Herrn Krrrrkrkrrkrrr auf, einzutreten. Herr Krrrrkrkrrkrrr erhob sich sogleich und betrat die Garderobenschleuse hinter der

Tür 2. Ich grübelte gerade noch herum, ob er nun tatsächlich Krrrrkrkrrkrrr heißen würde, oder einfach mit einem absoluten Gehör seinen tatsächlichen Namen aus dem schrecklichen Gekrächze des Lautsprechers herausgefiltert hatte. Dass es hingegen keine der beiden Möglichkeiten war, erkannte ich dann daran, dass sich kurze Zeit später die Tür öffnete und Herrn Krrrrkrkrrkrrr wieder ausspie. Es wäre ein Irrtum gewesen, verkündete er, und dass der Herr Übleis statt ihm als nächster an der Reihe wäre. Der Mann mit dem scheinbar absoluten Gehör setzte sich wieder mir gegenüber zu uns Wartenden und legte seinen Überweisungsschein auf den Tisch. Unauffällig las ich seinen Namen. Er hieß Gebetsroither. Vielleicht war es das gemeinsame „s", welches ihn beim Namen Übleis hochschrecken lassen hatte.

Nach einer weiteren Viertelstunde stolzierte Herr Berger, der Erstgerufene, mit einem, wie uns vorkam, hämischen Grinsen im Gesicht, aus der Tür 1, und der Lautsprecher rief einen gewissen Herrn Krrrrkrkrrkrrr zu sich. Sechs Personen rührten sich nicht von der Stelle. Einigen war die Anspannung ob dieses spontanen, unvorhergesehenen Sitzstreiks, quasi ein Aufstand gegen die Obrigkeit, anzusehen. Aber wir hielten alle durch, bis sich die Tür öffnete und eine ungehaltene Stimme vorwurfsvoll „Herr Kimplinger!"

rief, wobei die Dame in Weiß die erste Silbe des Namens unverhältnismäßig scharf betonte.

Herr Kimplinger schlich schuldbewusst mit hängenden Schultern bei der Tür 1 hinein. Da ich nun wieder nicht drangekommen war, und sich dieser Zustand eben möglicherweise noch länger fortsetzen konnte, nutzte ich die Zeit und riskierte eine WC-Pause.

Als ich zurückkam, war ich leicht verwirrt. Der Raum wirkte verändert. Als ich mich genauer umsah, entdeckte ich das eine oder andere neue Gesicht. Ich zählte kurz durch. Wir hätten doch eigentlich nur mehr zu fünft sein sollen, warum waren wir jetzt plötzlich wieder zu acht? Als nach und nach weitere Personen eintrafen und man langsam mit den Neuen ins Gespräch kam, stellte sich heraus, dass diese fleischgewordenen Unverfrorenheiten von Terminplanern doch tatsächlich für 9 Uhr weiteren acht Personen einen Termin verpasst hatten. Der Hochrechner unter uns hatte in der Zwischenzeit einen wahrscheinlichen Verzögerungsfaktor in Höhe von etwa 3 % mit eingerechnet, und stellte fest, dass der letzte von den 9-Uhr-Terminlern frühestens gegen halb eins am frühen Nachmittag fertig sein würde. So gesehen, meinte er noch, hätten wir Früh-Terminler eh noch ein Glück. Ich würdigte ihn keines Blickes. Wieder so ein widerwärtiger, unterwürfiger Kriecher mehr in meinem Leben, der schon allein damit zufrieden zu stellen war, dass es anderen zum Glück noch schlechter gehen würde als ihm selbst.

Ich wurde dann als Vorletzter meiner Gruppe so gegen dreiviertel zehn unter dem Namen Krrrrkrkrrkrrr aufgerufen. Als ich mit der Untersuchung fertig war, und wieder ins Wartezimmer zurückkehrte, saßen dort sage und schreibe sechzehn Personen. Jene acht vom 9-Uhr-Termin und jene acht, die inzwischen zu ihrem 10-Uhr-Termin eingetroffen waren. Da unser Mathematiker schon vor mir an die Reihe gekommen war, oblag es nun mir, die Wartenden nach einer neuerlichen Hochrechnung darüber zu informieren, dass der letzte von ihnen im günstigsten Fall so gegen halb drei drankommen würde, und somit mindestens viereinhalb Stunden zu warten hätte. Kann sein, dass ich damit einigen urplötzlich den Tag versaut habe, aber ich wollte sie in ihrem eigenen Interesse nicht unvorbereitet zurücklassen. Beim Verlassen dieser menschenunwürdigen Stätte konnte ich gerade noch hören, dass als nächster ein gewisser Herr Krrrrkrkrrkrrr an die Reihe kam.

Ob es dann auch noch 11-Uhr-Termine mit sechseinhalbstündiger Wartezeit, oder 12-Uhr-Termine mit achteinhalb Stunden Wartezeit gab, entzieht sich meiner Kenntnis.

Wie eingangs erwähnt: Eine Stunde hat 60 Minuten. Eine Viertelstunde hat, wie man schon vom Namen ableiten kann, nur ein Viertel dieser 60, also 15 Minuten. Also kann man mathematisch und auch logisch rückschließend davon ausgehen, dass eine Viertelstunde in einer Stunde nur viermal hintereinander Platz findet. Das müsste eigentlich jeder geistig halbwegs ausstaffierte Mensch verstehen und in weiterer Folge danach handeln können. Sollte man zumindest glauben.

Nachwort

Hier möchte ich nun zum Ende kommen, um mich nicht in endlosen Wiederholungen zu verstricken. Natürlich gäbe es noch die eine oder andere repräsentative Geschichte zu diesem Thema.

Sei es der Arzt, der seine Patientenschar täglich um sieben Uhr antanzen lässt, um dann selbst gegen acht Uhr einzutreffen, sich sodann eine Stunde in den Kranken-Akten zu verlieren, und sich schließlich nach einer Kaffeepause dem ersten Patienten zu widmen, der dann mit nur zwei Stunden Wartezeit der Sieger des Tages ist. Oder sei es jene nette Vorzimmerdame, die glaubt, sich aufgrund ihrer zahlreichen Dienstjahre anmaßen zu dürfen, die vor ihr liegenden Patienten-Karteien nach eigenem Gutdünken, nach Sympathie oder einfach nur nach dem Klang des Namens ungeniert umzusortieren. Man könnte endlos dahinschreiben.

Aber ich möchte dieses Buch ganz bewusst kurz und knackig halten, schließlich soll es ja erschwinglich sein, und sich damit auch hervorragend als Geschenk und kleines Mitbringsel für seinen „Lieblingsarzt" oder seine „Lieblings-Vorzimmerdame" eignen.

Buchtipp

Burnout? Du wirkst doch gar nicht gestört!

Meine Zeit im Narrenhaus

Franz Olisar

Paperback

64 Seiten

ISBN-13: 978-3-7431-8129-8

Verlag: Books on Demand

Erscheinungsdatum: 24.01.2017